句集 明日

Asu

大島雄作

Oshima Yusaku

本阿弥書店

句集　明日＊目次

装幀　長谷川周平

句集

明日

大島雄作

Ⅰ 吉事

風五月吉野弘と旅に出る

竹皮を脱ぐスタートは横一線

日に一つ吉事《よごと》あれかし桜の実

パレットに光も混ぜて修司の忌

喉元に切つ先とどく菖蒲風呂

雲を吐かせて鯉幟畳みけり

柏餅食べよ子供は外に出よ

鳰浮巣見てひと眠り湖西線

灯しつつ列車の過ぎる余り苗

植田から青田となりぬ風の香《かざ》

ぼうたんや人に翳りのあるは良き

持ち物のしだいに減つて更衣

止まれるときの小ささ夏燕

新緑に入りて育てむこころの帆

枇杷の実のまだ稚《いと》けなし海遠し

ネガフィルム透かしては捨て緑の夜

自転車は直線と円青嵐

万緑やカヌーの舳先立ち上がる

本売つて古書を購ふ遠青嶺

蟹走る川端《かばた》に残る御飯粒

明易や夢の泪のしほからき

父の日の金剛力士像仰ぐ

とめどなく蛍の湧いて誕生日

声よりも火をもらひたる蛍かな

形代に息かけ吾はだれだらう

沖縄忌アメリカ鼠闊歩せり

梅雨長し糊のにほひの切手帳

太陽は大きく一つ田草取

愛染明王《あいぜん》に縋り飛びして蚊喰鳥

なんでんかんでん昼顔の絡みつく

ひるがほやフェンスに猫の潜り穴

離陸機の腹を見上ぐる溝浚ひ

痛きほど裂けてをるなり金魚の尾

百歳にならねば虹を歩まれず

啼く鳥を手招いてをる円座かな

滴りの膨らむ吾は縮みつつ

ジーンズの御尻おほきな泉かな

もう少し生かされたしと泉汲む

藍浴衣水の松江の橋褒めて

オートバイ熱して雲の峰目ざす

子狐の駈けて消えゆくまで夏野

還暦を過ぎてトマトの丸齧り

茄子に棘故郷に帰ることもなし

座布団を下りて挨拶水羊羹

読み終るには惜しき本籐寝椅子

冷さうめん氷に笑窪ありにけり

声ほどに進まぬ娘神輿かな

蟇あゆむ足を一本づつ抜いて

むんむんと羽虫の浮かぶ紫蘇畑

六歳に浮遊を教ふハンモック

故里の富士語りあふ夏座敷

箱庭の生家に牛を繋ぎおく

風鈴や老いには相応しき日暮

船が船引つ張つてをる網戸かな

舟虫の散りたる跡や鷗の屍

河骨の一輪ゆゑの黄の勁さ

ソーダ水紙ナプキンの詩は忘る
蜜豆を余さず食べて左様なら

護るべきもののまだあり夏帽子

明日登る山を指さす洗ひ鯉

おほぜいの中に一人や遠泳す

渓水のみどりに刺さる裸の子

捕虫網かまへて腰の引けてをり

一族のために捕らはれ兜虫

ベルモンド贔屓か君も巴里祭

カーラジオから尾崎豊や夏の闇

取り返せぬ過ちのごと夕焼す

散骨の一つひとつの水母かな

海の日や生まれ変はれるなら鯨

水平線涼し大きな船を生み

空蟬を吹き飛ばしたる室外機
黒揚羽を招く己が手怖ろしき

鍬形虫《くはがた》の樹液もらはむ疾く癒えよ

斑猫に片道切符もらひけり

生まれてより震へどほしの糸蜻蛉

蝮酒飲ませてくれし人逝けり

こふのとり旱空へと嘴鳴らす
この火蛾のごとく今際を狂ひたし

神輿蔵涼しき影をつくりけり

山涼しここから奥は猿の領

目礼の距離を詰めざる人涼し

烏賊釣り火丹波丹後の隔てなく

夜の秋駅のピアノの順を待ち

夜の秋「ガリア戦記」の半ばなる

Ⅱ 円らな目

わが影に裏表なし秋に入る

種採つて朝顔日記終へにけり

百科事典はわが家の重し八月来

八月や抓みて蝶の抗はず

八月や馬の睫毛を閉づる音

八月十五日短き詩を詠まむ

仰向けの虫を戻しぬ終戦日

配線を束ねて太し盆踊

踊果て此岸の橋を渡りけり

六合目までは残暑の蹤いてきし

西瓜食ふジーンズを膝飛び出して
秋すだれ三度食ぶるはめんだうな

法然の寺なる交《つ》尾《る》みとんぼかな

ひぐらしや指の痺るる渓の水

蜩や青を充たしてインク壺

虫籠を買ふ家なのか檻なのか

沖《おき》仁《じん》のギター高潮カンナ咲く

こほろぎや語り部の水取り換へて

歩まなば我も一木初嵐

重たくはないか帰燕の砂袋

白樺の絣もやうや涼新た

白芙蓉死んで大きくなる人よ

鶏頭の黒ずみはじむ忌中札

胡蝶蘭あふれ店の名覚え難《にく》

ハムスターが車輪を廻す良夜かな

ドラム缶を楽器に変へて星月夜

銀漢や村の鍛冶屋でありし祖父

星の子をたんと育てよ天の川

銀漢や石の兵士に石の馬

星流れしか皮《ぴー》蛋《たん》の深みどり

霧の湧きつぐ等伯の松の奥

無蓋貨車霧にも重さありぬべし

敬老の日なり落ち着く椅子一つ

D51の如き颱風来たりけり

はればれと馬のゆばりや野分後

稲の香や列車にレール磨かるる

白粉花猫に齢を超されけり

蚯蚓鳴く「なめとこ山の熊」読めば

苛めたくなる柚子坊の円らな目

一つひとつ素数書き出す夜長かな

石榴の実言ひさしほどに口開いて
種採つて遠山に眼を休めけり

里芋の煮いたん覚え嫁に行く

秋草やダム放水の吼ゆるごと

新松子五体満足とは言へず

白桔梗手折つて心立てなほす

櫛名田姫の御手玉として烏瓜

りんだうや岳の名前に馬と竜

頸の骨鳴らし夜食の紙の皿

シチリアの映画の楽や秋澄める

秋澄むや鷲の矢羽を番へては
いわし雲線路岐るる駅に着き

小鳥来るエンターキーを叩くたび

美術部を動員したる案山子かな

日本の根つこの匂ひ稲架乾く

豊年や土偶の妊娠線あらは

おほかたの神は酒好き豊の秋

三輪山を明日は拝まむ今年酒

太つちよの鯉の集まる松手入

石濡れて音の濡れたる添水かな

子規よりも柿食べさうな土門拳

どんぐりの樫と櫟を交換す

旨きものは斯うして護る栗の毬

みづうみを雲の溢るる晩稲刈

大関の角番となる刈田かな

村芝居はねたり星の大粒に

秋の声からだの部品一つ捨て

生きべたの死にべたならむ榠樝の実

鳩吹くや人手に渡る山の畑

水割に秋の訃音を揺らしけり

金木犀があるぞあるぞと角曲がる

深秋の色の羊羹切りにけり

利き足は踏ん張る足ぞ竹を伐る

錆鮎や比良山系の噛み合うて

穴惑ひ鱗に虹をたたへつつ

家を売るための間取図雨の鵙

マウンテンバイク疾走もみづれる

紅葉且つ散るワーグナーの大音量

鉄瓶の瘤のむつちり冬支度

野の猫を野の隅に埋め冬隣

大連に生まれ夜寒を言ひにけり

朴葉味噌焦がせり冬の足音に

Ⅲ　何処

棒二本の空がラグビーボール待つ

古本屋に探す青春冬夕焼

人の名に傍線加ふ冬の虹

まつすぐの道が寄り添ふ冬木立

足元より冷えの上り来葱畑

よく洗へ日を浴びさせよ茎の石

干し板の和紙に紛るる雪ぼたる
船はみなとへ綿虫は何処へと

水族館出でて鯛焼一つづつ

ボルゾイの如く凩過ぎゆけり

海苔一枚さざつと炙る神無月

とりあへず給油しておく神の留守

ひとところ深き轍や猟期来る

銃身を磨く猟夫に声掛けず

もう開かぬか冬薔薇のこの蕾

噴煙のけふは真直ぐ大根引

けもののために涸れずよ冬泉

海が汚れてゐるぞと叩く鯨の尾

梟の啼くや氷山崩れ落ち

しぐるるや問診票のペンに紐

蟬穴の未だ壊れず冬夕焼

闘うて羽毛ただよふ冬の空

ボクサーにワセリン厚く十二月

嶺に雪来るころ馬の安楽死

手に負へぬホースの勢ひ蓮根掘

拭ふたび笑まふ遺影や霜の夜

霜晴や阿修羅の声の甲高き

子供の頃のやうに眠れず霜の夜

町内をほぼ知る人と日向ぼこ

龍の玉二つレノンの丸眼鏡

黒猫と吾のにほひの布団干す

冬ごもり暢気めがねに掛け替へて

ちやんちやんこ昔そこそこ部下ありき

二階より火事の検証見てゐたり

熱燗や吉良屋敷跡かく小さき

風呂吹や胸の閊への取れさうな

さつき酒の零れたところ冬の蠅

海渡る蝶おもひつつ日記買ふ

海側の窓大いなる冬至風呂

大橋にさつと灯の入る年忘

角砂糖にぽつと青き火クリスマス

我鳴るとは斯ういふことか火の用心

鮟鱇の鉤に掛けたき男あり

大陸より日本見る地図寒波来

年詰まる先頭車輌まで歩き

「芝浜」を聴いて一服春支度

知恩院の鐘に聴き入る焼藷屋

みづうみの皺を鞣して初明り

元旦をスクワットして警備員

笑はねばゑくぼ生まれず節料理

喰積やテレビの中に走るひと

初夢の摑んでゐたる龍の首

とらんぷの王の眼つむる姫はじめ

閒石の一大宇宙読始

瀬戸内の凪のやうなる賀状かな

大観の富士を四日の目養ひ

独楽止る美しきもの振りほどき

哀ふる左目を打て玉霰

登校を率ゐるは女子初氷

頭上より声の抜けゆく寒稽古

蓮華王院寒し仏の込み合うて

大とんど北斗の柄杓傾ける

雪をんな木曾の櫛屋に佇みぬ

滝凍る大音声を閉ぢ込めて

荒星に近きロフトに寝ねんとす

月冴ゆる積木の家に窓一つ

寒き夜の枕の中を汽車走る

人類の滅び待ちゐる海鼠かな

流行性感冒古巣落ちてをり

凍蝶のことりと傾ぐ掌

寒鯉が浮かぶ太筆揮ふごと
日脚伸ぶ首傾けて草書読み

焦げ色の雀の跳ねて日脚伸ぶ

二重跳び綾跳び春を待ちゐたり

富士壺を刮《こそ》げて春の遠からじ

「南風」は近づく春へ発つ列車

Ⅳ 倒立

ものをおもへと梅の蕾の赤らみぬ

さきさきとレタスをほぐす寒の明

冴返るビュッフェの蝶の線勁く

冴返る人を待つ椅子待たぬ椅子

杉苗のまだいとけなし春霙

流氷の接岸初日献血す

うすらひに蟹座生まれの吾が触るる

わが性根叩き直さん雪解川

スポーツ紙の大きな見出し春一番

山を割るごとき雨なり実朝忌

何処にでも行ける切手を買うて春

春北風や昆虫館にピンあまた

野を焼いて太き饂飩を啜りけり

末黒野に入るや尿意をもよほしぬ

中村哲畑を返して水引いて
野良猫には名前を付けず浅き春

虫出しの雷やピカソの目を数へ
後ろから押されて地虫穴を出づ

がま口の蝦蟇を思へり春の風邪

下萌や三角倒立なら得意

青空は冷えてゐる空初蕨

絵踏して畑一枚を守りけり

わが指が土をよろこぶ蕗のたう

かたかごの花や林に小さき日

雛祭山へと障子開け放ち
桃の花ゆつくり生きる人に添ひ

初蝶や歯にブリッジを掛けられて

菜の花の揺るるは光振りほどく

うぐひすや瑠璃色あはきガラスペン

貝殻の内のむらさき彼岸寒

玄関に子の靴多き春の家

春風や埴輪の馬の脚長き

春めくや片手に犬の糞袋

若きらは時計を持たず春の雨

退屈な街が映りぬしやぼん玉

風車走つて風をつくりけり

雲に根のなし風船に紐のあり

マラソンに麓を踏まれ山笑ふ

青き踏むスキップできぬお父さん

野遊びの先頭の子を攫ひたし

ぶらんこを漕いで港の見ゆる丘
たんぽぽや明日を待ちたる頃ありき

雪形の爺の見守る遅刻の子

春潮や男も髪を切りたき日

鳥雲に入る船乗がショパン弾き

鳥雲に入る鳥葬の国はるか

一舟をざらりと揚げて桜東風

新しき肌着つめたし朝ざくら

花の夜決して嚥下を過つな

フラスコに白衣映りぬ花の冷

盲導犬腹這ふしだれ桜かな

散る桜一キロ飛んで鳥になる

万愚節土の付きたる野菜なし

目も鼻も口も通院万愚節

病みぬけて飯の旨さよ百千鳥

百千鳥サンドイッチのもう乾き

大江山の鬼下りて来よ春祭

春キャベツの褥にちよつと休みたし

熊蜂にわが体形のちと似たる

二胡聴いてからだの揺れて月朧

若冲と蕪村が京に遇ふ朧

朧夜の首よ頭は重たいか

干満のいくたび島の鳥巣立つ

土俵より藁の噴き出て雀の子

戦前史学ばず蝌蚪の犇ける

青空を捲るが怖い昭和の日

春うれひ鹿せんべいの味見して
びだくおん檜の花粉終りしが

永き日の木登り猫の降りられず

仔猫覚むΩ《オーム》のやうな伸びをして

駱駝から土の剝がるる遅日かな

孕み鹿日にも月にも横たはり

遍路宿二人は出雲訛らし
枝分かれしたるは吾か蜷の道

ラプソディ・イン・ブルー沁む田螺和

鮭五郎親の仇に遇ひたる目

トロットのやがてギャロップ若緑

藤房のゆれて鳳凰堂揺れて

あとがき

『明日』は私の第六句集になるが、これまでの五冊とは刊行の事情が異なる。二〇一九年八月号から二〇二一年五月号まで、三か月おきに八回にわたり、「俳壇」誌に三十三句ずつ発表した。三十三句を総合誌に掲載してもらうためには、その何倍もの句を作らなければならない。この話を本阿弥書店から頂いたとき、始めたなら途中で止められない、できるだろうかとの不安も過ったが、こんな機会はまずないので挑戦しようという思いの方が勝った。それに、どうせ挑戦するならば、私が代表を務める季刊誌「青垣」に発表する句とは重複させまいと決意し、この二年間、俳句を始めた頃と同じほど集中して数を作った。期間の半分は新型コロナウイルス禍の時期なので、外出は限られ、ひたすら机上での作句となった。

「俳壇」誌に発表したのは計二百六十四句。読み返して意に染まないものは捨て、同時期に「青垣」に発表した句を入れて三百二十句を収めた。以前の五句集はすべて編年体だが、今回は二年分を纏めただけなので、四季ごとに四つの章に収めた。

これまでと同様に平明さと滑稽味を意識しての作りだ。わずかな期間で作った句なので、鑑賞に堪えうるものになっているかどうか、その自信はないが、火事場の馬鹿力ではないものの締切に追われながら集中したことで、私の頭の奥に眠っていた何かが出てきたようにも感じている。得難い機会を与えてくださった本阿弥書店、「俳壇」編集部の皆さんには感謝している。

二〇二一年十二月

大島　雄作

著者略歴

大島雄作（おおしま・ゆうさく）

1952年６月27日　香川県多度津町に生まれる。
　　　　　　　　丸亀高校、大阪大学卒業。
1982年　「沖」と「狩」に入会。３年後「沖」一誌に絞る。
1988年　「沖」新人賞を受賞し同人。のち同人賞、「沖」賞を受賞。
1994年　第９回「俳句研究賞」を受賞。
2001年　師の能村登四郎が死去。
2007年　「沖」を退会。季刊誌「青垣」を創刊、代表を務める。
句集は『寝袋』『青垣』『鮎苗』『春風』『一滴』『現代俳句文庫　大島雄作句集』

現住所
〒561-0862　大阪府豊中市西泉丘 2-2438-1　A404 号

平成・令和の100人叢書⑳

句集　明日《あす》

2022年４月22日　発行

定　価：3080円（本体2800円）⑩

著　者　大島　雄作

発行者　奥田　洋子

発行所　本阿弥《ほんあみ》書店

東京都千代田区神田猿楽町2-1-8　三恵ビル　〒101-0064
電話　03(3294)7068(代)　　振替　00100-5-164430

印刷・製本　三和印刷(株)

ISBN 978-4-7768-1593-8 C0092 (3309)　Printed in Japan